醜醜

周芬伶◎著
陳裕堂◎圖

我曾經是醜小鴨（代序）

我也曾經是醜小鴨。我的姊妹長得太漂亮，相形之下，我黯然無光。

醜小鴨的心事是很淒涼的。大多數的故事主角是美麗的公主，大多數的好運也都降臨在美人身上。如果天上掉下一顆大石頭，恐怕是砸在醜人的頭上，天底下所有的霉運陸續都會向醜八怪報到。

多麼希望有一篇以醜八怪爲主角的故事！在眞實的生活裏，大多數的人都自認爲不夠漂亮，或把自己的不幸歸諸於容貌。

可是，有一天，我發現我錯了。這世界上根本沒有一個人配稱爲醜八怪，也沒有人可以以容貌為理由而拒絕面對一個人或一件事。

美醜不是由別人規定的，應該由自己來規定。讓小孩為自己的容貌自卑或羞恥，這根本是大人無心的過錯。

以前，我之所以會覺得自己醜是接受太多不正確的訊息。大人們常會在第一次見面時，就任意批評小孩的容貌，那被讚美的固然高興，那不被讚美的，甚至被貶損的，那挫折會長留心中，很難磨滅。而小時候不乖或愛哭時，大人總說：「別哭了，你醜死了。」「本來就醜，再鬧就更像醜八怪了。」在家族的相簿裏，甚至找不到自己幼兒的照片，好不容易找到一張，果然，全身上下擠不出一絲可愛一絲美感，可是，醜一點難道就沒有被照的權利嗎？

許多文章和教誨一再提醒你：美是這樣，美是那樣，並企圖在一個人的臉上或身上打分數，而我認為，所謂的「完美」或「一百分」根本是不存在的。

因此，錯誤的不是小孩，往往是大人。我幾乎花了二十年的時間才想通這點，這時，才脫離醜小鴨的惡夢。

寫這個故事時，彷彿看到許多看起來不怎麼漂亮的小臉蛋，她們好像都在說：「愛我吧！」「注意我吧！」我所難過的是，已逝的童年再也無法挽救，因此，特別希望其他的小朋友都有一個快樂的童年。

目錄

醜小鴨

我有一點醜，不，應該說，我很不漂亮，那也就是說，我得承認，我是一隻醜小鴨。

好像從生下來那一刻，上帝便在我的面孔上開了很大的玩笑。據我的父親說，當母親第一眼看到我時就哭了起來。她生過三個女兒，每一個都長得端端正正，不知道我的醜陋遺傳自何人，因爲爸爸媽媽長相都十分出色啊！

我最大的毛病是頭太大，眼睛太小，小得幾乎讓人以爲我無時無刻都在睡覺；我的嘴巴也太大，尤其是哭起來的時候，幾乎佔去大半張臉，更殘酷的是，閉上嘴巴，上脣便高高地噘起，好像跟誰鬥氣似的。我因爲早產，長得乾乾癟癟，幾乎每個嬰兒多少都有一點純稚得可愛，但是我那又瘦又尖的臉龐，有著與生俱來的憂鬱，就像個小老頭兒似的。其實，我的臉孔無處不是毛病。

母親剛開始還抱著僥倖的心理，期望我會一天比一天長得整齊些，抱歉的是，我的「尊容」到了十歲還一直沒有改善，雖然如此，母親並未因此少疼我一點。

因爲我很醜，所以特別喜歡美麗的人。從很小的時候，我就很崇拜二姊，她是多麼美啊！她有一張任何人都會讚美的臉孔，令人懷疑圖畫裏的公主或仙女都是以她作藍本。我最喜歡當她的小跟班，她走到那，我就跟到那。直到有一次我們在親戚家，有個客人見到二姊，不停地誇讚：「好漂亮的女孩！長大以後一定是個大美人。」我在一旁覺得很驕傲，可是當她知道我是她妹妹時，不禁喃喃自語：「怎麼會差那麼多！一點也不像！」

那一天，我很傷心地回到家裏，馬上躲進母親的衣櫃，不肯出來吃飯。

對了！我喜歡躲在衣櫃裏，裏面又安全又溫暖，你可以想像全世界只剩下你一個人。我躲過好幾個衣櫃，和各式各樣的牀底，像老鼠一樣東躲西藏。但是，我最喜歡母親的衣櫃，它大小適中，裏面又散發著母親身上特有的香味。而且，它那雕花的門，可以清楚地看到外面的景象，外面人卻看不到我。

母親找不到我，便來敲敲衣櫃的門，她對我的「隱身術」早已十分熟悉，她總是知道如何找到我，而且把我哄出來。

「小秋，吃飯了！」

我不作聲。

「我知道你肚子餓了，今天有你喜歡吃的滷蛋哦！」

我還是不出聲，母親也沈默了一下。

「有什麼不高興的事，告訴媽媽好不好？」

我還是不出聲，卻不由自主地啜泣起來。

「你說看看嘛！你不是說媽媽是萬事通嗎？媽媽會替你想辦法的。」

「沒有人喜歡我。」

「誰說的!?」

「每個人都說我醜，沒有人喜歡我。」

「以後不可以這樣說，媽媽認爲好多人喜歡你呢！」

「爲什麼我長得不跟姊姊們一樣漂亮？」

「傻孩子，誰說我們小秋不漂亮，在媽媽眼中，你跟姊姊們一樣漂亮。」

「我才不信！」

雖然嘴裏這麼說，我已經想笑了。

「快點出來！要不然你的滷蛋要被別人吃光了。還有，五姑婆看不到你，

每個人都說我醜，
沒有人喜歡我

她也一直不吃飯呢！你忍心叫五姑婆餓肚子嗎？」

說到五姑婆，我就推開門，慢吞吞地走下來，媽媽摸摸我的頭，推著我去吃飯。

五姑婆是祖父最小的妹妹，因爲長得不好看，又耳聾，講話不清楚，到四十幾歲，一直沒有出嫁，跟我們住在一起。有許多人說，我的長相跟五姑婆最像。附近的小孩怕她，都叫她「虎姑婆」，家裏的人也不敢惹她，因爲她的脾氣很壞，生起氣來便咿咿哦哦地亂叫，有一次三姊惹火了她，她拿著好長的竹尺，一直追著三姊跑，非要打到她不可；還有一次，我弄壞了她的東西，她拿起叉子便要往我頭上叉。

她的脾氣雖壞，縫紉技術可是一流的。她高興的時候，會給我們姊妹縫製衣服，做出來的衣服又漂亮又特別。許多人排隊要請她做，她高興的時候便接下來；不高興呢，就算把她的門拍爛了，她也不開門。

雖然，沒有一個人喜歡她，我卻喜歡接近她，也許只是因為我們長得一樣醜吧。家裏只有我聽得懂她說的話，還有她的手勢，為了跟她溝通，我也學會了比手劃腳。她叫我的名字，老是說不準確，把「秋秋」說成「醜醜」，於是大家也跟著叫我「醜醜」。但是媽媽不准姊姊這麼叫，其實，我也不在乎，誰叫我長得這麼醜呢！

每當我經過五姑婆房門時，她便用兩個手掌一拍，要我進去，有的時候，幫她縫衣服；有的時候，幫她買東西。她喜歡用很快的手勢，跟我說話，她說的話大多是這樣的：「我好氣好氣，今天誰誰欺侮我！」「我好氣好氣，沒有一個人了解我。」「我好氣好氣，每個人看我的眼光都怪怪的。」我在想，她一定是天底下最不快樂的人。

她最快樂的時候大概是種花看花的時候吧！院子裏的花都是她種的，有茉莉、曇花、迎春花、玫瑰……。她還設計一個花架，上面爬滿鵝黃色的薔薇。每天她都到花園剪一枝花插到她房裏的花瓶裏，只有在欣賞花時，她才會露出一點點笑容，那笑容好像圖畫裏聖母的笑容。

我要成爲美麗的人

我喜歡五姑婆還有一個原因。她的房間有各種稀奇古怪的東西，有雕花的古式梳妝臺，有鋪著繡花牀單的席夢思牀，還有她收藏的瓶瓶罐罐，有大有小有圓有扁，眞是好看。那些罐子是她的寶貝，每天早上起來第一件事，便是把它們擦個透亮，誰要去碰那些罐子，她便氣得哦哦叫。

特別是其中有一瓶香水，它的瓶子長得圓圓胖胖的，又有個金黃色的噴霧瓶蓋，垂一個可愛的小球，那是誰也碰不得的。有一次我不小心撞倒那個瓶子，只聽得咯嗵一聲，以爲它破了，還好沒有。五姑婆竟然抱著它哭起來。

我知道那個瓶子的祕密，那是十年前田老師送的。田老師在我們的學校教算術，他比五姑婆老很多，聽說他的家鄉在大陸很遠很遠的地方。十年前，有人介紹他們認識，後來田老師到家裏提親，聽母親說他坐在客廳一個早上，菸一枝一枝地抽，祖父還是不肯見他。田老師一連來好幾次，最後終於被祖父罵走，從此再也不來了。五姑婆那時喊著要自殺，有一次眞的呑了好多藥，被救醒後，祖父流著淚跟她說：「沒有人會眞正喜歡你的，那個男人在大陸有老婆有兒子，你知道嗎？你不要嫁，我養你一輩子。」

從此，五姑婆不再鬧了，開始收集各式各樣的瓶子。田老師現在頭髮都白了，每次看到我，總是很親切地跟我說話，我從沒看過他有太太，也不了解爲什麼他跟五姑婆不能結婚。大人的事，太複雜了。

我還知道另外一個祕密。這是我跟五姑婆之間的祕密，這幾年來，她一直在偷吃一種白白的藥，她跟我說那是治頭痛用的，還要我答應不要告訴任何人。

為什麼人總有那麼多祕密呢？像我的好朋友王馨馨，她也有好多祕密。她長得很漂亮，功課又好，我們不同班，我卻認識她，學校裏太多人知道她了。朗讀比賽她老得第一名，音樂會上她表演芭蕾舞和彈奏鋼琴。我覺得像她這麼漂亮又多才多藝，眞是太幸福了。

她的身材很修長，長長的頭髮常常紮個馬尾，跳舞的時候便盤個髻。她跳舞的姿態是多麼優美啊，穿上白紗的芭蕾舞衣的她，像圖畫中的小仙女，我總是看得呆了。

也就是這樣，我要求媽媽讓我學芭蕾舞。這時一向喜歡跟我作對的三姊，居然嘲笑我：「人家跳芭蕾的，第一個要身材好，第二個要長得漂亮，像你身材像番薯，又黑又粗的，跳起舞來，簡直像是『羣魔亂舞』嘛！」她不知那裏學來這麼可怕的成語。媽媽很生氣地責備她：「你做姊姊的，應該多鼓勵她，怎麼反而譏笑她，下次再這樣，肯定不會饒你。」媽媽不但答應讓我學舞，還幫我買了一雙漂亮的芭蕾舞鞋。

我就是在舞蹈社裏認識王馨馨的。在所有學舞的人中，她跳得最好，老師常誇獎她，並要她示範一些標準動作。而我是最笨的一個，第一天練舞，便在光滑的木頭地板上，摔了一跤，大家都在笑，王馨馨笑得最大聲，我差點哭出來。

教舞的尤老師很溫柔的安慰我，她說：「慢慢來，不要急，跳舞的人不要怕摔跤。」可是，在下課換衣服的時候，王馨馨故意走到我身旁，大聲地說：「你們看，這裏有一個摔跤大王！」

我忍著眼淚回家，一看到媽媽便大哭起來，吵著再也不要去學跳舞了。

可是媽媽說：「小秋，媽媽知道你一直對自己沒有信心，很在乎自己的外貌。所以媽媽讓你去學舞，是要你學到自信與恆心，一個人有自信有恆心，就是

她的身材很修長，
常紮個馬尾

個美麗的人。如果，這次你退卻了，你就打敗你自己了，不要讓媽媽失望好嗎？」

爲了不讓媽媽失望，我硬著頭皮去練舞。尤老師是個很有耐心與愛心的老師，她教我們如何擺出最優美的姿勢，如何表現最自然美妙的笑容。我很努力地矯正自己不優美的儀態，一再地練習各種舞姿，我常常對著鏡子說：「我要成爲美麗的人。」這也是尤老師告訴我們的，她說只要你每天對著鏡子說：「我是美麗的，我是美麗的。」那麼有一天你就會眞正地成爲美麗的人，我相信她的話。

不過，我總是躲著王馨馨，她實在太驕傲了。只要有人跳錯一個動作，她便譏笑人家。有一次，尤老師有事出去，要我們自己練習。羅玉珊正在練習擡腿的動作時，她在一旁冷冷地說：「擡不起來就不要勉強嘛！蘿蔔腿還跳什麼舞。」羅玉珊是個脾氣很烈的人，她馬上頂回去：「你有什麼好神氣的？私生女，沒人要！」這時，我看王馨馨的臉色變得好難看，抿著嘴跑進更衣室裏。

沒有人理她，她在裏面起碼待了有半個小時。我覺得她很可憐，原來她也有不幸的地方，我以爲她應該是最最幸福的人。

王馨馨

沒有人理她，她在裏面起碼待了有半個小時。我忍不住進去看，她呆呆地靠在牆壁上，看到我進去，馬上轉過身去，很生氣地說：「你進來做什麼，我不要看到你，走開！」可是，說完這句話，她便伏在牆壁上哭了起來。我不知道怎麼辦才好，從小我最怕看到別人哭，往往哭得比別人厲害，這時，我的眼淚又不聽話地掉了出來。王馨馨聽到我抽泣的聲音，回過頭來看，說：「你哭什麼啊!?干你什麼事!?」我小聲地說：「不要哭好不好？看到別人哭，我也會哭的。」王馨馨噗哧笑起來。我被弄得莫名其妙，不過，從那次以後，我們便成為好朋友。

王馨馨是我見過最聰明的人了。她學什麼像什麼，尤其是擅長模仿老師講話的樣子和走路的姿勢，簡直是唯妙唯肖，差點把我的肚皮笑破。凡是她看過的電影，她可以一個人同時演好幾個角色，照本演一段給你看；任何歌曲只要聽幾遍，她便會唱。每當我生氣的時候，她就來一段歌仔戲：「阮鎮日心情憂悶悶，想起郎君啊！淚雙流。」她知道我最受不了這個，一定馬上笑出來。

她做什麼事情都全神貫注，比如說做功課吧！她可以連續一兩個鐘頭不動不說話，旁邊即使來了一架噴射機，她好像沒聽見。可是，只要一寫完功課，她馬上生龍活虎，十八般武藝都搬出來。

有一次我跟她說：「我好羨慕你哦！什麼時候我會跟你一樣聰明？」她說：「沒有人是一樣的，從小，我就把自己看成很特別的人。」「可是，一個什麼優點都沒有的人，她應該怎麼辦？」她說：「一定有的，每個人一定都有自己的優點，只是有的人知道，有的人不知道。」我不懂她說的話，在我的眼中，她好像是個大人，她的心裏想什麼，我永遠猜不透。

對王馨馨的身世，我一直很好奇，她一直不肯說，我等了好久好久忍不住問她：「你家在那裏？你媽媽是做什麼的？我都告訴你，你爲什麼不告訴我呢!?」她把臉一沈，我嚇得不敢吭聲。過了一會兒她才說：「我爸爸死了，在我很小的時候，我媽媽是高中的音樂老師，從四歲起，她就教我彈鋼琴，六歲，她讓我學舞蹈，她希望我將來成爲一個音樂家。當然，她對我很嚴格，可是，她是全世界最好的媽媽。」她停了一會又說：「好了，這下子你該滿意了吧！走！我們去你家玩，我最喜歡你媽媽了。」

的確，她喜歡到我家玩，因爲家人都喜歡她。連一向在我面前絕對不誇獎別人的媽媽，也不禁說：「好出色的孩子！」而一向不喜歡小孩的五姑婆，也滿有興趣地研究她，好像她是個可愛的玩具。最主要的是她跟我一樣有耐心聽五姑婆說話，王馨馨比手劃腳的功夫比我強多了，而且她居然能把五姑婆逗笑，那可眞不簡單呢！

有一回王馨馨從我家回去之後，媽媽嘆了口氣說：「好可憐的孩子，沒爹沒娘疼，卻是個好孩子呀！」我說：「誰說她沒爹沒娘，她媽媽是個鋼琴家呢！」媽媽很訝異地說：「難道你不知道，那個鋼琴家只是她的表姨？她眞正的媽媽是個唱歌仔戲的花旦，她剛出生不久就送給表姨撫養，她媽媽答應她表姨跟她斷絕關係，從此就沒有消息了。」

怪不得王馨馨喜歡唱歌仔戲，怪不得大家背後說她是「私生女」，可是，她爲什麼要隱瞞我呢？我是她唯一的朋友呀！

我決定到王馨馨家去看個究竟。她的家我早就知道，只是王馨馨從來不帶我去她家玩，這次不管她會不會生氣，我都要去找她。

王馨馨的家是棟很漂亮的二樓洋房，站在門口就聽到裏面傳來鋼琴的樂聲。我按了門鈴，出來的是一個打扮高雅的女人，我猜她一定是王馨馨的「媽媽」，我很有禮貌地說：「伯母，請問王馨馨在家嗎？我是她的朋友李吟秋，我有事情想找她。」她說：「我常聽她提及你，進來吧！」她領我到一間練琴室，王馨馨正在教一個約六歲的小女孩彈鋼琴。她看到我，倒沒有驚訝的表情，只是伸個手指放在嘴上，暗示我不要作聲，等她授完琴。沒想到王馨馨才十二歲就當鋼琴老師了。

我在客廳等她的時候，看到一個約十四歲的女孩和一個大約念高中的男生，正在看電視，一面看一面談，好不高興。

馨馨授完琴，把我帶到院子裏，卻一直沒有說話，我的心裏好急，忍不住說：「你爲什麼要騙我？她不是你媽媽對不對？」馨馨一臉倔強地說：「我爲什麼要告訴你？每個人心裏都有一些祕密，這就是我的祕密！」我說：「我對你就沒有祕密。」她說：「沒有嗎？你敢說沒有嗎？這幾年你瞞著五姑婆做了些什麼事？」我眞後悔告訴她那件事，是的，我的確有一個祕密，除了王馨馨，我沒告訴任何人。

祕密

從兩年前開始的，五姑婆要我替她轉送信或衣服給田老師，每當換季的時候，她便忙著做襯衫或夾克，看她做得那麼高興，誰能拒絕她的要求呢？可是，當我把衣服或信送給田老師時，他先嘆了一口氣說：「你叫她不要再送信或衣服給我了，我們這輩子是沒希望的了。」他停頓了一會，說：「再說，我已經跟大陸上的妻子聯絡上，唉！」田老師好像快哭的樣子，我看著自己手中做得那麼精細的衣服，也很想哭。我不知道怎麼辦，那時我只有八歲，只好去找媽媽，媽媽說：「把東西放在媽媽這裏好了，不要退回去，你的五姑婆，她會受不了的。」從此以後，每當五姑婆要我轉送東西時，我便送到媽媽手裏，這個祕密只有我們兩個知道。只是五姑婆常常問我：「田老師爲什麼沒有回信？」「他說衣服做得好看嗎？」我總是回答不出來。不過，她一點也不在乎，仍舊每隔一段時間，便興匆匆地挑布，剪裁，縫紉機踩得飛快，誰能拒絕她呢？你能告訴我嗎？

每個人都有祕密，只有小孩子沒有祕密，我想我已經長大了，因爲我的心中有個祕密。就好像王馨馨，我總覺得她比我大好多。這時，王馨馨看我不說話，又說：「也許你覺得，我有一個唱歌仔戲的媽媽很丟臉，或者因爲我沒有爸爸會不快樂。不是的，我只是覺得我長大了，沒有人了解我。從我九歲時，偷聽到我表姨談到我媽媽，就覺得我一下子長大了。我知道自己要爭氣，要懂事，是我自己要替表姨教授鋼琴的，因爲我覺得自己可以做到，而且要幫表姨做事。你知道嗎？有一天我會離開這個家的。我要找到媽媽，

每個人都有秘密，
只有小孩子沒有

問她還要不要我，我要幫她賺錢，我一定要找到她。」

「馨馨，對不起。」除了這句話，我不知道該說些什麼？從那天起，我們的感情更加要好，因爲我們之間再也沒有祕密。馨馨常常告訴我她的計畫，給我看她收集的歌仔戲團的廣告海報。她說她已經知道媽媽的藝名叫「玉梨花」，這又是從大人的口中偷聽到的。

因爲我們常常同進同出，有許多人覺得奇怪，像羅玉珊有一次問我：「你們一點都不像，她那麼驕傲，你爲什麼要跟她做朋友？」我回答她說：「她不是驕傲，她是自信啦。」這是我新學到的一句話，當然也是王馨馨教我的。

她還教我好多事情，我們常一起練舞，她老是說我缺乏自信，說：「你看你，跳舞的時候老是畏畏縮縮的！」要不然說：「你又來了，彎腰駝背的，你的身體每個地方，都好像在說『我很醜』『我不行』，你怎麼會跳得好呢？」「你又來了」是她的口頭禪，她一天不曉得要說幾次「你又來了」。

接著，她做一個漂亮的動作，頭擡得高高的，背挺得好直，做一個完美無缺的旋轉動作。唉！我就是無法了解，爲什麼她的每一個動作，都是那麼美，那麼教人著迷。

她說：「很簡單啦，只要你常對自己說：『我很美』『我很特別』，那麼你的身體就會放鬆，你的身體一放鬆，就會覺得自己好柔軟，好舒服，好像飄浮在水上一樣。」她又做了一個飛躍的動作。

我小小聲地說：「可是，我一點也不美啊！我覺得自己好醜好醜。」她說：「你又來了！我倒覺得你笑起來好美，脖子也很美。你要讓別人忘掉你不美的地方，只看到你美的地方。可是，你也要忘掉你不美的地方才行啊！」

我的笑容很美？脖子很美？這句話聽得我的頭有點昏昏的。因爲這句話，我起碼照了一個鐘頭的鏡子。以前我最討厭照鏡子，可是，現在每當站在鏡子前面，便想到王馨馨說的話，不知不覺就笑了起來。我覺得自己笑的時候很傻，馨馨會不會騙我呢？不！她不像是在騙我。每次這麼一想一笑，一笑一想，一個鐘頭就過去了。姊姊們常常在背後笑我，可是，我發覺自己並不在乎。

我也常告訴馨馨對人不要那麼驕傲，她起先有些不高興。我以爲她不願聽我的話，可是，我發現她對人的態度有些改變，不再挖苦別人譏笑別人，大家漸漸地喜歡跟她親近。我覺得來學跳舞是對的，我不但走出黑漆漆的衣櫃，而且交到好多好朋友，也學會了什麼叫做「自信」，自信萬歲！

小老鼠

從這時開始，舞蹈社就爲半年後的發表會加緊練習。這時卻有一個新人加進來。

她叫劉麗嬌，長得又黑又瘦又小，一張臉瘦瘦尖尖的，就像小老鼠一樣。她今年五年級，看起來卻像只有二年級。她跟媽媽好像走好遠的路才到這裏，汗濕的頭髮黏在額頭上，臉被太陽曬得又紅又油。更令人驚訝的是，她的媽媽居然沒有穿鞋子，我看到一些土屑從她的腳踝上掉到光滑的木頭地板上。後來，才知道她們是從很偏僻的鄉下來的。

尤老師本來是不想收她的，可是劉麗嬌的媽媽一直懇求老師，她不斷地鞠躬，不斷地說：「拜託拜託」，尤老師終於答應了。

她實在一點都不像是會跳舞的人。第一天，她只是呆呆站著，不說不笑不動，好像一隻柱子一樣站在那裏。老師教她做動作，她的眼睛裏充滿恐懼，老師的聲音提高一些，她馬上垂下頭來，一副要哭的樣子。老師沒有辦法，只好要她站在旁邊看。

整整一個鐘頭，她沒有移動過位置，我看連姿態也沒有換過。我看了有點不忍心，走到她面前，才說：「你……」她嚇得肩膀猛晃一下，眼睛張得好大，害我再也不敢吭聲。

從沒看過這麼膽小的人。偏偏大家都喜歡戲弄她。有的人故意撞她一下，她跳開起碼有一公尺遠；有的人從背後嚇她，她那瘦小的個子，縮得更瘦更小，好像一隻怕冷的小狗。

整整三天，她沒有說任何一句話。最愛捉弄人的羅玉珊好幾次問她：「你怎麼不說話，你是不是啞巴呀！」又故意騙她：「尤老師要你站到鏡子前面去。」沒想到她真的相信，從隊伍中走到鏡子前，鼻子幾乎要貼到鏡子上，惹得大家哈哈大笑。又有一次，休息時間，羅玉珊在門口，煞有介事地喊：「外找，劉麗嬌，外面有一個鄉下歐巴桑找你，好像你媽媽哦！」劉麗嬌急急忙忙跑出去，當她發現是個騙局，垂頭喪氣回來時，大家又笑成一團。

馨馨跟我看不順眼，決定出來主持公道。那一天，羅玉珊把劉麗嬌的書包藏起來，故意讓她找不到，可憐的劉麗嬌找得滿頭大汗，眼淚好像隨時要掉下來似的。

這時，馨馨翻出她的書包，塞到她手裏，把她推到羅玉珊面前，跟她說：「你快說，說『不要惹我，否則對你不客氣！』說！」劉麗嬌的頭垂得好低，下巴都快掉到胸口上，就是不吭聲，羅玉珊得意地看著我們。馨馨用力地推

她叫劉麗嬌，長得
又瘦又黑又小……

她一下：「把書包摔到她身上，否則，你永遠都會被她欺侮！」我站到她身邊，小小聲說：「不要怕，我們站在你這邊。」

劉麗嬌看了我一會，又想了一會，輕輕地把書包丟出去，掉在羅玉珊腳前，她終於擡起頭來說：「不要惹我！我我……」原來她眞的會說話！雖然有點結結巴巴。馨馨緊接著說：「以後你們再欺侮她，我們就對妳不客氣！」她雙手插腰，很有架勢的樣子。

就這樣，劉麗嬌加入我們。我們叫她「小老鼠」，她叫馨馨「公主」，因爲她說馨馨像公主一樣，那麼美麗那麼驕傲。至於我，當然叫「醜醜」囉！

我們問小老鼠爲什麼想來學跳舞，她說：「那是一本書，一本有芭蕾舞的書，舅舅送的，每次看書，我就發呆，好久好久，媽媽叫我都不知道，她知道我在想什麼，她，對我好好。」她說話好像很費力似的，一個字一個字說得好慢好重，教人著急死了。唉！原來世界上還有比我更癡更傻的人。

當我把發表會的事告訴五姑婆時，她興匆匆地計畫要幫我做一件全世界最漂亮的芭蕾舞衣，還帶我去剪白紗布料，買亮片，白綢緞。老實說，我到舞蹈社根本是去玩耍的，在舞蹈社裏，我的表現很平庸，到時候頂多是充當背景人物而已，有誰會注意我呢！

不過看五姑婆那麼高興，我也不願掃她的興。我問她知道舞衣是什麼樣子的嗎？她東比西比，比出一個樣子給我看，她又比裙子短短的對不對？腰帶細細的對不對？亮片釘在胸前，頭上有朵紗花？我通通點頭。可是，五姑婆做衣服完全憑想像，她從來不看服裝雜誌，更不用說是芭蕾舞衣，她會做出什麼樣的衣服呢？不過，我倒是很相信她的美感哩！

拜訪仙境

很傷腦筋的是，我們不久發現小老鼠的毛病還眞不小，她往往搞不清楚什麼是眞的，什麼是假的。像有一天，她跟我們說在家裡後面的山坡上發現一天片黑色的玫瑰花，我們從未見過黑色的花，三番兩次要她摘一朵給我們看，她不是說忘了，就是說找不到。我們雖然很失望，卻知道她不是存心說謊，而是她一直活在夢想世界裡。

她常常跟我們描述她的家有多麼美麗，家後面的山有多麼高，門前的小溪有多麼清澈，還有捉不完的魚和蝦，說那裡開滿了五顏六色的花，許多動物在草地上奔跑。她越說眼睛睜得越大，我們越聽心越癢，於是約好有一天一定要到她家玩一回。

可是，小老鼠的家在十幾公里遠的山脚下，沒有公車到那裡，我們只能騎脚踏車去，馨馨跟小老鼠會騎脚踏車，只有我不會，於是天天土著爸爸給我買脚踏車，媽媽被纏不過，答應如果這次月考考前三名，便買給我當獎品，而且還不准獨佔，姊妹們得共用。

我不知有多賣力，還得小心翼翼不看錯題目，終於給我考到全班第三名。當新脚踏送到家裡時，姊妹們圍著它高興得像過年一樣，那是最新型可以變速的脚踏車，全身銀光閃閃，手把椅墊染成深藍色，我們都叫它「藍鳥」。

爲了學騎脚踏車，我不知道摔了多少次跤，可憐的藍鳥差一點變成病鳥。苦練一個月，還是只會上去，不會下來。所以，媽媽常看到我跟藍鳥閃電一般從家門劃過，卻不見人回來，趕忙跑出去看，我不是撞到電線桿摔下來，就是一直騎到藍鳥跌下來爲止。

雖然媽媽苦苦叮嚀，沒有學會下車前不可以騎出去玩，我還是忍不住偷偷跟馨馨小老鼠一起遠征那個美麗的仙境。

那正是夏天，豔陽曬得我們臉直發燙，雖然戴著草帽，我們還是熱得直喊受不了。一共踩了兩個鐘頭才到小老鼠的家，而且爲了下車還撞上一棵大樹，跌了一個大跤，從來沒有這樣激烈運動過，我覺得都快昏倒了。

看到小老鼠的家，才眞應該昏倒。她家前面有流水後面有山是不錯，可是所謂的高山不過是小山坡，所謂的流水只比水溝大一點。當然，如果你努力地在草地上搜查，是會找到一些小野花，可不像小老鼠所說的「遍地五顏六色的花」啊！她的家只是一間破舊的農舍，裏面的地板還是光禿禿的黃土，凹凸不平的，眞虧她的想像力。

小老鼠好像沒事一樣一點都不知慚愧，她望著我們傻笑，因爲她那無辜的表情，我們都原諒她了，在她的心目中，她的家大概不比仙境差到那裏去吧！

令我們驚訝的是，小老鼠的房間裏貼滿舞者的圖片，從牆壁的頂端貼到桌子底下，不知她從那裏收集來這麼多照片，牀邊還有一面大鏡子，看來她比我更愛照鏡子。

小老鼠的媽媽對我們好親切，拿出自己種的水果給我們吃，小老鼠的爸爸在她很小的時候就去世，她的媽媽就靠著自己耕種一小塊田地維生，有時也打點零工。她紅著眼睛告訴我們：「可憐的孩子，我到田裏去的時候，就用一條繩子綁在桌腳上，我回來的時候，她的嗓子都哭啞了。也許就是這樣，人家都說她怪怪的，不愛說話。」「不怪不怪，我們覺得她很可愛。」馨馨連珠砲似的說出這一串話，我們都笑了出來。

最令人驚奇的是，我們發現小老鼠已有兩年的舞蹈基礎，就在她家的稻

爲了下車，還撞上了
一棵大樹，跌了個大跤

埕上，第一次看她輕鬆自如地舞蹈，她像是田野中的小精靈，動作靈活輕巧地像隻小鳥，她在舞蹈中有一股令人難忘的吸引力，馨馨跟我都看呆了。

她比馨馨跟我好太多了，我們只是愛美才來學芭蕾，而她卻是天生的舞者。我們問她：「爲什麼妳從來都不表現？爲什麼連我們都被妳騙了？」她慢吞吞地說：「我害怕，害怕人多的地方。」

我們眞是太低估她了，她只不過是太害羞，太愛作夢，她其實活在另一個世界裏。那一天，雖然沒有看到美麗的仙境，我們卻覺得很值得，因爲我們現在才眞正了解小老鼠。

白天鵝與黑天鵝

當我們把小老鼠的事告訴尤老師時，她起先不太相信，還把小老鼠叫進她私人的辦公室，要她做幾個舞蹈動作，她很僵硬，跟平常一樣沒有任何反應。尤老師很溫柔地誘導她，播放一些優美的音樂，我們也在一旁鼓勵她。後來，她漸漸放鬆，做出幾個優美的舞蹈動作，尤老師雖沒說什麼，眼中卻流露著驚喜。她決定採一對一的方式教小老鼠，減輕她在人群中的壓力。從此，小老鼠就跟我們分開練舞。

我們的節目是這樣的，有四人舞、二人舞、獨舞，最後是一個舞劇「天

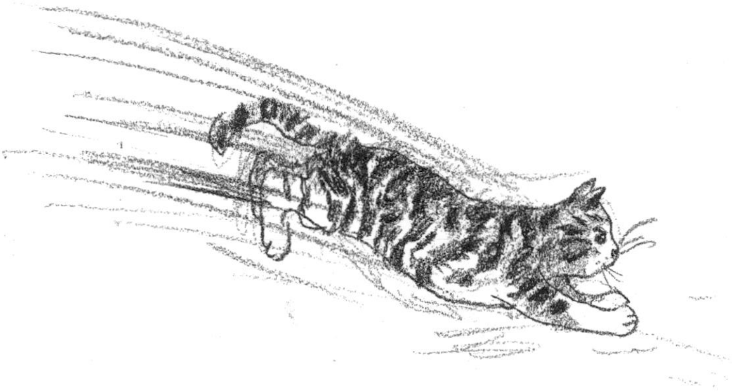

我連奔帶跑，
到五姑婆房間

鵝湖」壓軸。其中，馨馨負責一隻獨舞，和扮演「天鵝湖」中的白天鵝，實力和馨馨相當的羅玉珊也負責一隻獨舞，並參加四人舞，她以爲自己會扮演黑天鵝，可是，老師說遲一點才決定人選。至於我，負責跳黑天鵝白天鵝背後的小天鵝，雖然只是佈景人物，我已經非常滿足，像我跳得這麼爛，尤老師居然沒有把我淘汰，眞是謝天謝地。

小老鼠得到尤老師的特別指導，羅玉珊本來心裏就酸溜溜的，現在更加猜忌小老鼠，她怕小老鼠會搶走黑天鵝的角色，所以就常找小老鼠的麻煩。

她知道馨馨和我會保護小老鼠，就趁我們不在的時候欺侮她，有一次把小老鼠的腳踏車戳破一個洞，害她不能回家。還有一次練舞時，她又故意把小老鼠撞倒，馨馨氣得對她大叫：「你個頭大的欺侮個頭小的，你要不要臉啊！」羅玉珊說：「說什麼舞蹈的奇葩，連站都站不好，人長得嘛像根木頭，誰相信呀？會拍老師的馬屁，才是眞的吧？」

馨馨回嘴：「誰拍馬屁啊？是誰的爸爸常常送禮捐錢？昨天，又要你爸爸來說服尤老師讓你跳黑天鵝，你以為我不知道啊？你有什麼好神氣的，只不過是有一個當議員的爸爸，哼！小馬屁精加大馬屁精！」「是呀！是呀！」我在一旁助陣，我這笨嘴也只講這句話。

羅玉珊紅了臉說：「誰說的？你看見了？」馨馨把小老鼠推到她面前：「是她看見的，好大一籃水果啊！還偷偷摸摸趁我們都不在的時候，籃子裏面又是蘋果又是梨，不知道裏面還藏什麼金銀財寶喲。」

圍觀的人都笑出來，羅玉珊辯不過哼一聲就走了。小老鼠說：「我看我不要跳黑天鵝了，我好怕。」馨馨說：「怕什麼！有我給你撐腰呢！她那種人欺善怕惡，她不要你跳，你就偏偏跳給她看！」

就在這一天，我從舞蹈社回家時，家裏的人臉色不太對勁，媽媽眼睛紅紅的，姊姊們也不敢吭聲，我問：「怎麼一回事，你們今天怎麼都怪怪的？」

媽媽歎了一口氣說：「你五姑婆發現那件事了。」我一時會意不過來，媽媽又說：「剛才我要你五姑婆幫我到房間找一條項鍊，結果她翻出一大堆田老師退回來的衣服，已經一個鐘頭了，她關在房裏，誰叫都不應。」

完了！完了！她一定恨死我們，尤其是我，她大概永遠都不會相信我了吧？

我連奔帶跑地到五姑婆的房門口，在門外又捶又叫，手捶得痛了，眼淚也流了，她就是不肯開門，爸爸說：「這樣不是辦法，叫鎖匠來開門吧，她的個性這麼烈，萬一……」

鎖匠好不容易把門打開，我們一堆人擠進去，看到滿地都是剪碎撕碎的衣服，五姑婆直挺挺地躺在牀上，搖也搖不醒，牀邊的桌上有個藥瓶，已經空了。爸爸看了看藥瓶說：「糟了，是安眠藥，趕快送到醫院。」

我看過那個藥瓶，有一次五姑婆倒藥吃，她要我替她保守祕密。唉！如果我早一點告訴爸媽就好了，我眞是太糟糕太糟糕了。

五姑婆送到醫院急救，甦醒過來之後，只是閉著眼睛流淚，誰也不看。尤其是我只要一靠近，她馬上別過頭去。

我被罵過被冷落過，卻從來沒有被人恨過。那種感覺讓人又著急又難過，我爲這件事不知哭過多少次，媽媽勸我說：「她正在氣頭上，等她想通就好了。我們也許做得不夠好，但是，我相信她會原諒我們的。」

靈芝在那裏

可是，五姑婆出院後，一天比一天消瘦，她本來就不是很好看，一瘦下來，看起來更可怕。她常關起門來摔瓶子，她那些美麗的瓶子摔得一個不留。不久就開始生病，每天躺在牀上病懨懨的，她本來就有心臟病，現在又罹患肝病。爸媽找來最好的醫生，買最好的藥，她吃都不吃。

馨馨和小老鼠看我愁眉苦臉的，就幫我想辦法。馨馨說：「我們去拜託田老師勸她好嗎？」小老鼠說：「田老師是個好人。」小老鼠說話總是牛頭不對馬嘴，不過我了解她的意思，田老師教過她，她是說他是個好老師，一定會幫助我們的。

於是，我們三個一起去找田老師幫忙。田老師知道這件事很驚訝：「沒想到她的脾氣這麼烈，唉！都是我不好，是我害了她。我現在去又有什麼用，也許她會更生氣更傷心。」

「可是，她都不吃藥，我好害怕。」

「是啊，田老師，請您勸勸她，說不定，她會聽您的話。」

「好吧！我試試看。」

田老師到家裏時，我們本來也想跟進五姑婆房裏，媽媽卻拉住我們說：「你們不要去當電燈泡，會越幫越忙的。」我實在好想聽聽他們說些什麼，既然媽媽這麼說，也只好等了。

田老師出來時眼睛紅紅的，我們圍住他問「怎麼樣？」他說：「她一直沒說話，都是我在說，該說的都已經說了，誰叫我們的命都那麼苦！唉！」

說到這裏，田老師的聲音都變了。

從那次之後，五姑婆開始吃藥，可是病情卻一直沒有進步。爸爸跟媽媽常常低聲不知商量些什麼，我可以聞到一種危險的空氣。有一回聽到媽媽對爸爸說：「靈芝的藥效雖說沒有科學根據，現在這種情況，就試試看嘛！」

我問馨馨靈芝是什麼東西，她說不知道。這時小老鼠的眼睛睜得好大：

「靈芝！我家後山有吔！」

「拜託！你又來了。」馨馨鼓著腮幫子說。

「眞的，這次是眞的。媽媽生病就是吃靈芝吃好的。」

「小老鼠，這可不能開玩笑哦！」她有太多次不良前科，我才不相信呢！

「你看過『梁山伯與祝英台』嗎？裏面也有千年靈芝草。」

她的意思是說裏面有一首歌，是說祝英台假裝生病，說要千年靈芝才能治好病。不過，我還是不理她。

「有一天，在我家後山上，一棵大樹旁邊，有一株好大的靈芝，像一個皮球那麼大，是淡褐色的，好漂亮。」

「小老鼠，你這次該不是又作夢了吧？」小老鼠很認真地搖搖頭，很堅決的樣子。

馨馨推推我說：「我們再相信她一次吧！反正就算去玩玩嘛。」又對小老鼠說：「這是我們最後一次相信你哦！」

於是，就在一個星期天，我們騎著腳踏車去找靈芝。差不多是在下午兩點左右吧，我們開始爬山。小老鼠一到山裏就好像回到家裏一樣身手靈活得很，可憐的我們跟在後面，像老牛拖破車一樣走得好慘。草地上到處是有刺的草，樹上偶爾出現一隻大蜥蜴，我們還看到一隻貓頭鷹鬼頭鬼腦地盯著我們看。

小老鼠跑到一棵大樹前停下來，告訴我們那樹叫做「國王樹」，是她最喜

現在換我和馨馨，
成了大笨樹……

歡的樹，因爲它很高大雄壯。接著，兩三下爬到樹上，坐在一個樹彎裏。原來她的身手是這樣練出來的。她常常一個人跑到這裏對樹木說話，怪不得她說的話沒有人聽得懂，人看來就像一棵大笨樹。

現在換馨馨跟我變成大笨樹了。第一次爬山，才知道走路有多輕鬆，連騎兩個鐘頭的腳踏車也不算什麼了。我覺得自己的腳像兩個大鉛球，推都推不動呢！

黑森林

一個鐘頭過去了，我們忍不住問小老鼠：「到了嗎？」她說：「就在前面。」她的手指向幽深的樹林裏。

又一個鐘頭過去，樹林裏的光線漸漸變暗，我們又問：「到了沒？」小老鼠左看看右看看，說：「啊！爲什麼沒有看到靈芝呢？」

馨馨這下子急了說：「小老鼠，到底有沒有靈芝？你是不是騙我們？」

小老鼠急得快哭出來，連話也說得結結巴巴，我說：「算了，天快黑了，我們趕快下山吧！」

我們開始害怕，這時有一隻蝙蝠朝我們飛過來，我們三個一起尖叫。奇怪的是，明明走得好好的，越急就越找不到回家的路。過沒多久，樹林整個變黑，黑得簡直看不到路，只有遠遠的山下有幾處燈火在閃爍著。

「我好怕。」小老鼠說。

「你還說！都是你啦！我們被你害死了啦！」馨馨沒好氣地說。

黑暗中聽到小老鼠抽泣的聲音。

「好了，不要怪她，我們現在該怎麼辦？」

我也快哭出來。

「記得老師在課堂上說過，如果在山裏迷路，就停留在原地不要亂動，避免浪費體力，來，我們找個地方休息。」這是聰明的馨馨說的。

「會不會有蛇？」這是可恨的小老鼠。

「不要嚇人好不好，我最怕蛇！」這是膽小的我。

「樹上沒有蛇。」小老鼠的意思是要我們爬到樹上去，天啊！我不會爬樹。

「來！我們手牽手，到最近的一棵大樹去。」現在我們沒有爸爸媽媽的保護，也沒有老師的教導，我們只有依賴馨馨，這時她像大姊姊一樣勇敢鎮定。

我們互相幫忙，摸索到一棵大樹旁，緊緊地靠著它坐在樹根上。我從來沒有這麼害怕過。好在那時正是夏天，山裏並不冷。

馨馨看我們都不出聲，提議說：「我們來唱唱歌壯膽吧！」於是我們開始合唱，我的聲音不斷地顫抖，那大概是全世界最難聽的一首歌了。

不知道過了多久，我累得眼睛快閉上了，肚子卻餓得咕嚕咕嚕直叫。眼前彷彿有無數個黑影在晃動，有好幾種奇怪的聲音在響，不知道是鳥聲蟲聲還是野獸的叫聲，原來在森林迷路是這麼可怕。

又不知道過了多久，小老鼠說：「有人來了呲！」

「你又來了，從現在開始，我再也不相信你了，任何一句話！」馨馨大聲地吼。

我往前看，遠遠地有好幾個亮光在閃動。

「眞的呲！有燈光！有人來了！」

我們開始大叫：「救命啊！」就像電影中那些遇難的人一樣。

那幾個燈光越來越接近我們，過不久，有好幾個人在叫我們的名字，就好像做夢一樣，我看到好多人，手裏拿著手電筒，看不清他們是誰，其中有人叫我的名字，那是媽媽的聲音，全世界最動聽的聲音。

我不知道後來是怎麼離開那個樹林的，只覺得人軟綿綿，倒在一個很溫暖的臂彎裏。

當我醒過來，已經在自己牀上，四周有姊姊、爸爸、媽媽的臉——那是全世界最美麗的臉。還有五姑婆的臉，她的眼睛裏面有淚水在打滾。她在跟我比手勢，打得好慢，她說：「我不生你的氣了。」

我大概是太高興，居然又昏睡過去。

這高興未免太早，事後，爸媽嚴厲地罵我一頓，又罰我兩個禮拜不准出去玩，除了練舞。馨馨也被表姨狠狠地罵了一頓，只有小老鼠很無辜地笑說：

「媽媽沒有罵我。」

我們本來不想理小老鼠的，結果過了兩天，她居然把一包髒兮兮的東西塞在我手裏，說：「哪！我找到了！」打開紙包，是一朵淺褐色像花又像蕈菇的東西，我拿給媽媽，她依方煎藥給五姑婆吃，但是她的病還是沒有好轉。

我們開始大叫「救命」

另一雙眼睛

既然媽媽不准我出去玩，我只好天天往五姑婆的房間跑。老實說，進入她的房間，心裏總是很難過，卻不能表現出來；眞是難受。看她變得越來越枯瘦，房間裏瀰漫著濃重的藥味，我總是很想哭。還有，我的舞衣才做到一半，攤在縫紉機上，不知道多久沒有動過了。現在也只有我才能安慰她，她看到我，才有一點笑容。

有一次進去房間，看見五姑婆靠在牀頭，拿著針線正在舞衣上釘亮片，我馬上把它搶過來，丟在一旁。她又把它拿起來，很慢很慢地比著手勢，現在她已完全不出聲，因爲身體太虛弱，她告訴我：「這也許是我送你的最後一件禮物了。」聽了這句話，我嚇得放聲大哭，媽媽聽到趕來，我拚命搖著媽媽的手說：「你不要讓五姑婆死，你一定要讓她好起來。」媽媽也流出眼淚。在我的心目中，媽媽是萬能的，她一定能救她。

那天去練舞，我沒精打采的，馨馨看到我嘟嘴說：「倒楣死了，表姨罰我每天練琴多加一小時，我的手彈得都快斷了。」小老鼠笑瞇瞇地說：「你們好可憐哦！」結果吃了我們好幾個衛生眼。這時尤老師表情很嚴肅地從辦公室走出來，叫我們集合，好像要宣佈什麼大事。

尤老師的眼睛很快地從我們的臉上掃過，然後說：「經過長久的考慮，我決定把舞碼大幅地調整。」大家交頭接耳議論紛紛，尤老師作一個制止的動作才說：「你們還小，以下的話，也許你們聽不懂，不過沒關係，只要你們記住其中一兩句，也許將來你們會了解的。」

尤老師好像自言自語繼續説：「這一個月，我對舞蹈教學作了很長的思考。這是從劉麗嬌的例子引發的。我在想，爲什麼我以一個舞蹈老師的專業眼光，卻不能發現她的天分？還有，什麼樣的人才算是優秀的舞者？還有，你們來學舞，最大的目的在那裏？我能給你們什麼？」

「我得到一個答案，那就是，每個人都有各種潛能，各種可能性，教導者的任務就在發現增長這些潛能。」

「而你們學舞的目的是什麼？有的人可能是爲了愛跳舞，也許更多的人是爲了虛榮。在你們當中，有誰願意跳一輩子舞的，你們願肯定地告訴我嗎？」

我看了一下四周，沒有人舉手，我不舉手的原因是根本不是跳舞的料子。

這時，只有小老鼠慢吞吞地舉了一下手，又畏畏縮縮地放下來。

「大多數人把跳舞看作一件好玩的事。學舞只是你們人生中很短暫的火花。所以，我以前的教法，都放在立即的功效上，多舉辦發表會，讓大家多表現，可是，這樣對你們有什麼幫助呢？」

「我希望這段學舞的日子裏，能學到愛自己，愛別人，還有愛美。愛美的人，應該有另一雙眼睛，她能用不同的眼光去衡量一件事，一個東西，唉！我說得太多了。」

「總之，現在我的想法改變了，這次發表會，原則上大家都有機會上臺，表現好的跳的份量較重，原來淘汰的都要上台，希望大家加緊練習，現在我公佈一下調整名單……。」

前面那一大段話，我們聽不太懂，後面那一段話我們可聽得清清楚楚。小老鼠果然是擔任黑天鵝的角色，還有一支二人舞。而我卻增加一支四人舞，聽到這裏，我尖叫一聲「怎麼可能是我？」大家哄堂大笑。

這時羅玉珊大叫：「老師！怎麼反而我的份減少了？不是說大家的機會均等嗎？」老師說：「你原來的份量重了一點，分一點給其他的同學嘛！」

小老鼠優雅地停止了動作

「可是，王馨馨爲什麼沒減少？」「有啊！她已經減少一支四人舞了。」「可是，劉麗嬌才學了兩個月，憑什麼要她跳黑天鵝？她眞的跳得那麼好嗎？爲什麼她不跟我們一起練習？跳給我們看？」

尤老師把小老鼠帶到大家面前說：「小麗！現在是你表現的時候了，你有心學舞，便要有勇氣面對你的觀眾，甚至你的敵人。來，跳一段。」接著，放出「天鵝湖」中的一章音樂。

小老鼠起先很猶豫，隨著音樂，她漸漸放鬆地舞蹈，舞蹈中的她像是另外一個人，渾身散發著光芒。大家發出驚訝的歎息，她這兩個月來在尤老師調教下，進步神速，我眞是爲她高興。

小老鼠優美地停止動作，老師稱許地點了一下頭，這下子大家都沒話說了。

真媽媽

接下來大家七嘴八舌地議論紛紛，我大呼小叫：「怎麼辦？我不敢跳啦！」馨馨說：「可以啦。」小老鼠說：「什麼叫另外一雙眼睛？」馨馨回答：「那也就是說，一個人不要太小看自己，小看別人；或者說，不要用一般人的眼光看一件事，唉呀！我也不會說，你自己想吧！」我也不知道什麼叫另外一雙眼睛，不過，我卻把這些話記在日記裏。

家裏的人聽說我要跳四人舞，簡直是驚天動地。大姊說：「看不出哦！醜丫頭。」二姊說：「可不要丟我們的臉。」三姊說：「完了！你們一定會垮臺！」媽媽說：「那要穿什麼樣的衣服呢？」爸爸說：「好！」

媽媽要給我買漂亮的舞衣和舞鞋，我說：「只要舞鞋就好，我一定要穿五姑婆替我做的舞衣上臺，我的舞衣一定是最漂亮的！」我眞是樂昏了。

那之後，我們一直爲發表會積極準備，有些原本不必上臺的人臨時加了舞碼，更是緊張兮兮。每次練舞有時像菜市場，大家聒噪不休；有時又像考場，沒有人敢出聲。尤老師也變得更加嚴肅，不再跟我們說說笑笑。

只有馨馨心不在焉，她最近很少講話，常常低著頭發呆。有次我實在忍耐不住，跑過去拍一下她的肩膀，她嚇了一大跳說：「做什麼？」「最近你怎麼怪怪的？」她小小聲地說：「我找到媽媽了。」「眞的，好棒！」「噓！不要讓別人知道，表姨也不知道。」「你怎麼找到的。」我壓低聲音，馨馨拿出一張招貼廣告，上面有大字寫著「鳳鸞歌仔戲團公演」，還有好幾個古裝的歌仔戲明星，她指著一個叫「玉梨花」的說：「她就是，我每次看到歌仔戲的廣告一定不放過，終於讓我找到了。」馨馨的眼睛紅紅的。我說：「那你趕快去找她啊！」「我今天就要去，就是待會，我要偷偷溜出去，他們在屏東媽祖廟前公演，一共才三天，今天已經是第二天，如果我不趕快去，他們又不知道到那裏去了。」「我跟你去。」「不行！你媽媽不是不准你出去玩嘛！」「可是可是，我也好想看你媽媽長得什麼樣子，海報上的她好漂亮哦。」「不行，反正不行就是了。」「你說好朋友要有難同當，有福共享的。更何況，你一個人去，多危險嘛！」馨馨考慮了一會說：「那，你要幫我保密，還有，如果……噓！現在不要說，小老鼠來了！」「你們在說什麼？」「沒有什麼。」我故作鎮靜地說。「不要騙我，一定有。」「老師來了，我們趕快跳吧！」我趕快轉移小老鼠的注意力。

就在休息時間時，馨馨跟我偷偷溜了出去。我檢查自己的包包，「糟糕，我才帶十塊錢呢！」「我有很多錢，沒關係。」馨馨打開她的包包給我看，那裏面有一疊鈔票，還有幾件衣服和一雙舞鞋，我覺得奇怪問：「馨馨，你帶衣服做什麼？」她低頭不說話。

我們走到火車站正要排隊買票時，小老鼠不知從那裏冒出來說：「我就知道，你們要去流浪是吧？」「什麼流浪，童話看太多了吧！小老鼠你回去啦！我們有很要緊的事要做。」「不行，我也要去流浪。」馨馨勸她：「拜託，我們眞的有很要緊的事情。」「好，那你先告訴我是什麼事情。」「我們要去找我媽媽。」「媽媽？你媽媽不是在家裏？」「不是啦，那個是假媽媽，這個才是眞媽媽。」我著急地替馨馨說，小老鼠想了半天才說：「哦！那我媽媽是眞媽媽，還是假媽媽？」「唉喲！跟你講話越講越迷糊，反正，你不能去就是了。」「不行，如果你們不讓我去，我就去報告尤老師，說你們偷跑。」「好吧！讓你去，眞拿你沒辦法。」

火車大約走了四十分鐘終於到屏東，我們一路問路到媽祖宮，果然看到

80-05

火車站排隊買票

廟前有一座戲臺，上面掛著「鳳鸞歌仔戲團」的布條。這時大約是下午五點半，戲還沒上演，我們問坐在廟前乘涼的老公公，知不知道玉梨花在那裏，老公公說不知道，指著在廣場上打掃的中年人，叫我們問他，那個中年人看我們一眼說：「你們找她做什麼？你們是她什麼人？」小老鼠搶著說：「我們要找眞……」我狠狠地撞她一下，制止她說下去，馨馨很從容地說：「叔叔，她是我親戚，拜託您帶我去找她好嗎？」

玉梨花

那中年人帶我們到後臺，那裏有一個化妝間，裏面擠了好多人，有人在吃東西，有人在玩牌，也有人正在化妝，那人指著其中一個正在描眉毛的旦角說：「哪，那就是玉梨花。」接著高聲對她嚷：「阿霞姐，這幾個尪仔要找你。」那個玉梨花，一手還叼根菸，滿不在乎地瞄我們一眼，然後眼光停在馨馨身上很久，忽然，她那張漂亮的臉整個垮下來，很快地走到馨馨面前才說：「你？」馨馨一面拚命地點頭，一面流淚。小老鼠偏偏不識趣地說：「原來你就是眞媽媽。」玉梨花拉住馨馨的手，好大的淚珠從眼睛裏掉出來，在粉臉上流出兩條小溝，然後又很生氣地說：「誰叫你來的？你怎麼知道這裏？你表姨知道嗎？」馨馨一直搖頭一直哭。我們站在旁邊，不知道怎麼辦才好，只好拚命扯馨馨的衣服，要她不要再哭。

「好了！不要哭了，這裏不方便說話，你們到廟裏等我，戲馬上要開演，等我扮完戲再去找你們，不要看我扮戲知道嗎？」我們三個一起點頭。

我們到廟裏的長條凳上並排坐著，馨馨已經不哭了，眼睛卻老往戲臺那裏看，小老鼠說：「眞媽媽好漂亮。」我說：「爲什麼她不准我們看戲，我好想看哦！」「我也不知道，反正，我們聽話就是了。」雖然如此，戲開演時，我跟小老鼠還是忍不住到門口看，玉梨花上臺時，好多人拍手，她一定是個有名的演員。看她扮相多麼標致，活像從畫裏走出來的古典美人，怪不得馨馨有這麼豐富的表演細胞。只是她一面唱一面哭，唱起哭調來好多人跟著掉眼淚，我的鼻子也酸酸的，小老鼠一直說：「好可憐哦！」而馨馨眞的聽媽媽的話，沒有跟著我們看戲。

好不容易等戲散場，那已經是七點半了。馨馨的媽媽卸好妝來找我們，她的臉乾乾淨淨，清清秀秀的，看起來，馨馨長得好像媽媽，尤其是大大的鳳眼和細細的鼻子，簡直一模一樣哩。她帶我們到一家好漂亮的餐廳吃飯，叫了好多菜，她拚命給我們夾菜，自己卻不吃，她說：「等一下吃完飯，我帶你們去坐車，以後不要再來找我，知道嗎？」馨馨擡起頭想說話，她制止她，繼續說：「在你兩歲前，一直跟著戲班跑江湖，三天兩頭就生病，我懇求你表姨好久，她才肯收養你，我這輩子是沒希望了，只希望你能過正常人的生活。以前我還常去看你，可是你表姨說不要影響你的生活，她打算好好栽培你。我想也對，你跟我是沒有前途的，我希望你好好唸書，乖乖聽你阿姨的話，知不知道？」

「可是，我想跟你在一起，你看，我東西都帶了，我會照顧自己，不會拖累你的。」「那你讀書怎麼辦？你要跟我跑江湖嗎？」「那我不要讀書了，我可以跟你學扮戲。」「不要亂說，我就是沒讀書才吃這麼多苦。小時候跟著你外公跑江湖，才五歲呢！被打扮得漂漂亮亮地上臺，憨憨地以爲是件好玩的事情，誰知道這一上就是三十年，所以，我絕不答應你到戲班來。」「我不管，別人都有媽媽，爲什麼只有我沒有？求求你，讓我跟著你，我會做家事，也會教琴，我可以幫你做事，任何事，我也會賺錢，好不好嘛？」「不！聽我的話，好好讀書，我們將來會在一起的。」「眞的，那要多久？」「不要很久，等媽媽存夠錢，不必再走唱，一定把你接回來，但是，你一定要聽我的話，不要偷跑來找我，知道嗎？」「那我都不能見到你了？」「你可以寫信給我，別人會讀給我聽，你表姨對你，像自己親生的一樣，絕不可以讓她失望難過。」

馨馨點點頭，眼淚又掉下來，她媽媽眼睛也紅紅的。

接著，馨馨的媽媽拿出一卷鈔票，塞到馨馨的手裏，馨馨放在桌上說：

我那裏不要她，
我想得心肝都要碎……

「我不要，我有錢。」「收下吧！除了錢，不知道能給你什麼。」我知道，馨馨最需要的是媽媽，可是，現在她不敢說，因爲她不願媽媽難過，小老鼠說：「眞媽媽，你不要馨馨了？她好可憐哦！」「我那裏不要她，我想得心肝都要碎……」講到這裏，她聲音哽咽再也說不下去。

深深地想念

「下個月我們要開舞蹈發表會，你能來看嗎？」馨馨的眼裏充滿了渴望。

「哦？你會跳芭蕾舞？」馨馨的媽媽問，我終於找到機會說話「她跳得好好，我們老師還選她當主角呢！」「馨馨好漂亮！」小老鼠風馬牛不相及地說。

馨馨的媽媽笑得很開心，她一定也爲馨馨感到驕傲。「我很想去看你跳，可是我們的檔期排得很滿，下個月我們在花蓮臺東公演，到時再說吧！你說是幾號什麼地方？」我們三個異口同聲地說：「九月一號，中山堂」，馨馨的媽媽又把錢塞到馨馨手中說：「買件漂亮的舞衣和舞鞋，就算媽媽送你的。」

馨馨終於把錢收下。

吃完飯，馨馨的媽媽帶我們去火車站，替我們買了八點半的票，並送我們上車。馨馨癡癡地望著媽媽，一直哭一直哭，她媽媽也不斷拿出手帕擦眼淚。當火車離站之後，小老鼠很不識趣地問：「爲什麼你看到眞媽媽，都沒有叫她媽媽，從頭到尾都沒有！」我回她：「笨蛋！人家害羞嘛！誰像你眞媽媽假媽媽地叫個不停。」小老鼠這才閉嘴。

我們回到家已經九點半了，最近因爲練舞，小老鼠常住我家，她媽媽十分放心，總比她黑漆漆地趕路回家好。媽媽看到我們比平常晚回家，問我們去那裏，我照實說了。媽媽很驚訝地說：「糟糕，馨馨回去一定會挨罵，如果她表姨知道她想偷跑，一定十分生氣，我們一起去看看吧！」

媽媽帶著我們到馨馨家，結果在大門口，就看到馨馨拿著包包坐在臺階上，那時已經十點多，她在那裏坐了將近一個鐘頭，原來她表姨又生氣又傷心，不願讓她進去呢！

我們正不知如何辨才好，這時她表姨出來了，臉上的淚痕還沒乾呢！看到我們不好意思地打個招呼，媽媽說：「眞不好意思，這麼晚了還來打擾，我們實在非常擔心馨馨，所以……」「唉，這個孩子眞沒心肝，不是我不要她，是她不要我。」接著轉頭對馨馨說：「你想好了沒有？如果你不願跟我，我們從今就一刀兩斷，我實在……」說到這裏，她的聲音哽咽，再也說不下去。

媽媽說：「鄭老師，原諒馨馨吧！那一個孩子不會想自己的媽媽呢？她去找媽媽，並不表示她不眷戀你，她不是又回來了？」

「我對她可說是盡心盡力了，如果她不滿意，我也沒話可說。從兩歲到現在，我盡可能地栽培她，誰知她一點感恩的心都沒有，說走就走，如果不是她媽媽要她回來，她不就不見了，這種沒心肝的孩子，不要也罷！」

「唉！我是外人，本來不該多說話，可是馨馨這孩子，平常我就很喜歡她，她又聰明又懂事，這都是你調教有方，她絕不是忘恩負義的孩子。」

「還說呢！原來她早已知道我不是她親生媽媽，居然把一切藏在肚子裏，一個這麼小的孩子，心裏藏那麼多鬼，誰知道她以後會不會反咬我一口？」

馨馨這時跪在地上說：「媽媽，對不起，請原諒我，我已經知道錯了，我不會再去找媽媽。」

「我不是不讓你找媽媽，我一直以爲你還小，打算國小畢業時再把一切說個明白，要去要留都隨你，但是，你不該隱瞞我，這是我最最難過的事。」

「我知道錯了，我一直覺得自己已經長大，可是，我的想法實在很幼稚，我不該傷您的心，請原諒我吧！」

媽媽又替她求情：「是啊！馨馨知道錯了，她只不過是個孩子，又是這麼可憐，你就原諒她吧！」

鄭老師沈默了一會，拿下馨馨的包包進門去了，媽媽說：「馨馨，還不

馨馨知錯了，她只不過
是個孩子

趕快進去，你媽媽原諒你了。」

從那次以後，馨馨比較專心練舞，也更加用功讀書，她說她要為媽媽爭氣。而且，她說看見自己的親媽媽，就好像夢想實現一樣，有種幸福的感覺，至少，她不再覺得自己是被拋棄的孤兒，在她的心中有個人影，她可以深深地想念，深深地祝福。

芭蕾舞衣

馨馨的麻煩才過，現在換小老鼠愁眉苦臉了。原來尤老師要我們訂做舞衣，小老鼠得準備兩套舞衣，她媽媽一時拿不出那麼多錢出來，我本想要五姑婆幫忙小老鼠做衣服，可是現在她病得這麼重，實在不敢再勞累她。

這時馨馨偷偷地跟我說：「我想幫助小老鼠，我有錢，我自己存的，還有上次媽媽給我的。」「可是，一件黑天鵝舞衣，還有一件白紗舞衣，總要很多很多錢吧？」「夠啦！我們偷偷給她一個驚喜好不好？」「可是，衣服要訂做，你有她的尺寸嗎？」「當然，我有一次問過她，反正她傻傻的，也不知道我要做什麼，但是，我們要快一點，否則，她媽媽會去借錢。」

我們的舞衣是集中在高雄一家專賣舞衣的服裝店做的，馨馨打電話給那家店，並寄去小老鼠的尺寸，要他們先趕出兩件給我們，以免小老鼠的媽媽借錢去訂做。兩件舞衣一共三千五百元，我想我存五年也沒有那麼多錢，可是馨馨卻很慷慨地拿出來。

舞衣大概一個星期就做好，比我們集體訂做的大約早兩個禮拜。我們很興奮很祕密地進行這項計畫，從來沒有這麼開心過。當衣服寄來，我們把它打開，嘩！眞是太美了！黑天鵝舞衣在黑緞上灑滿銀色亮片，像星星匯集成的煙火，黑紗裙上灑著銀粉，還有一頂羽毛頭飾，做成一隻天鵝的樣子，還鑲上許多亮片和碎鑽；另一件白紗舞衣是長到腿肚上的，胸前的亮片鑲成螺旋狀，好像是無數個水上的漣漪，更像是一個夢。

我們說好今天練完舞，請小老鼠來我家試衣服。結果練舞的時候，我就忍不住對小老鼠說：「等一下到我家，有一個好東西要給你看。」「什麼東西？」「不告訴你！」「到底是什麼嘛？」「反正你等會到我家就知道了。」我很得意地回答她。

練完舞，我們拖著小老鼠連奔帶跑地到我家，我們憋著笑，恨不得馬上飛到家。當我們把舞衣亮出來的時候，小老鼠呆呆地看了好久，然後說：「我不要！」馨馨和我同時問：「爲什麼？」小老鼠一直搖頭，沮喪地拿起包包便走了。

馨馨跟我好洩氣，這時媽媽剛好經過，發現了我們的祕密。我問媽媽爲什麼小老鼠不肯接受馨馨的禮物。媽媽說：「你們雖然是一片好心，可是，有沒有想到這樣做會刺傷她的自尊心？」「我們只是想幫助她嘛！」「沒錯！可是幫助別人必須讓對方樂意接受才行。」「那麼，我們該怎麼做呢？」「第一，你們要先報告尤老師小麗的情況，也許她到現在還不知道小麗買不起舞

當衣服寄來，
嘩，太美了

衣呢！第二，小麗的自尊心很強，絕不會平白接受別人的東西。想一想有什麼辦法，讓她用什麼來交換這兩件舞衣。」馨馨說：「那要她分期付款還我好了。」「那也不好，好朋友之間借欠錢，會造成心理不平衡。最好是由尤老師作主，小麗最聽她的話。」「好，那我們明天就告訴尤老師。」

隔天，我們提早到舞蹈社，告訴尤老師這件事，尤老師想了一想說：「這樣吧！你這兩件衣服由我買下來，做爲舞蹈社裏的行頭。」馨馨說：「可是，小老鼠，哦，我是說小麗，她會接受老師的衣服嗎？」尤老師說：「我打算鼓勵她參加全國舞蹈比賽，那時，她也是需要舞衣的。這兩件舞衣就算舞蹈社借給她的，如果她表現得好，我打算送給她當獎品，你們說好不好？」我們開心地點頭。

小老鼠到舞蹈社時，尤老師把她叫進辦公室，談了約有十五分鐘吧！小老鼠出來時滿臉笑容，我們知道事情終於解決了。

大家的舞衣都解決了，只有我的不知如何。我一直不敢問五姑婆，我怕她會趕工，那對她的身體不好。現在她連坐起來的力氣都沒有，爸爸爲了讓她隨時叫喚我們，在她牀邊安上一個電鈴，還製作一個表，以鈴聲長短次數做記號，像爸爸是兩長，媽媽是兩短，我是一長一短，二姊是三短，三姊是兩長三短。這個辦法很好，五姑婆有什麼需要，只要按電鈴，我們便會馬上趕到。

有一天，我聽到「嘟——嘟」的聲音，那就是叫我的訊號，我趕到她的房間，她躺在牀上，胸前抱著我的舞衣。

鐵甲舞士

五姑婆要我試穿舞衣，我一看那件舞衣的樣子，差點昏過去。它前前後後釘滿了銀色的亮片，只有胸前用白色的珠珠繡成一束水仙花，白紗應該是做成泡泡短裙，卻縫在緞裙裏面當襯裙，而且緞裙長度在膝蓋上，不長不短的四不像，裙子裏面沒有做連身褲，難道是要穿褲襪嗎？它的手工是很精細，我敢說它是最昂貴華麗的晚禮服，可是，它卻不是芭蕾舞衣啊！我就知道，五姑婆根本不知道芭蕾舞衣是什麼樣子的，她一定也沒看過芭蕾舞。

當我穿上它的時候，五姑婆問我好不好看，我用力地點頭，兩顆很燙很燙的眼淚滾了下來。我告訴自己，千萬不能表現出失望的樣子。可是，我眞的好難過好難過，穿這件舞衣上臺一定會被大家笑死。

接著五姑婆要我坐到桌前，她拿出一封信，上面的字跡又零亂又潦草，遞給我要我謄寫一遍，她以前一直誇讚我的字寫得漂亮。我照她的話做，卻發現那是一封很怪的信，它是這樣寫的：

我所愛的侄兒侄媳侄孫們：

謝謝你們多年來對我的照顧和愛護。我人醜命醜，一生都在痛苦中度過，如今痛苦就要結束，我的內心只有感謝，沒有任何怨尤。我自量今生無能報答你們的恩德，希望來生能夠報答你們，我在地下會不斷地爲你們祝福。我死後，留下約二十萬積蓄，全數給侄兒有量以及侄媳月屏處理，我的後事也只有拜託你們了。至於衣物全都火化了吧！衣櫃裏有一套白紗禮服，本來是十年前準備結婚穿的，現在就讓我穿著它到地下去吧！另外，尚有一些首飾，金項鍊給夢秋，金手鐲給玉秋，一對金戒指給素秋，玉鐲給吟秋，吟秋最像我，我最捨不得她，讓我帶著她一張照片出走吧。一切拜託你們。

我寫著寫著，剛才忍住的眼淚一下子傾洩出來，信紙上流滿了淚水。寫完信，她要我放進一個信封，然後封起來，塞進枕頭下。看她很疲倦的樣子，我便出去。當我告訴媽媽這件事，她也流下眼淚，說：「醫生都說沒有辦法了，我們一起來求上天救她吧！」媽媽握著我的手，閉著眼睛喃喃祈禱，我們雖沒有信教，此刻眞的好希望有上帝或菩薩存在。

試穿舞衣那天，大家都好興奮，尤其是羅玉珊，老早就等不及炫耀她那件據說是從美國買回來的舞衣。那件舞衣是斜肩的，顏色是粉粉的水藍，垂下來的雪紡成花瓣狀，胸前灑滿銀色的雪花亮片，果然是很漂亮的舞衣。可是我覺得，這件舞衣跟她那張傲慢自大的臉很不相配，如果穿在馨馨身上一定很美。

小老鼠穿上那件黑天鵝舞衣，簡直就像一朵黑色的鬱金香，這半年來她長高五公分，看起來更修長優雅，我相信她會越來越美。

至於馨馨，她當然是最美的，她有公主般優雅的氣質，又有輕盈曼妙的體態，她的舞衣是白色和粉紅色的，樣式很大方簡單，更顯出她的素雅。

所有的人都穿上舞衣，只有我呆呆站著，恨不得從地上消失。尤老師發現我還沒穿好，頻頻催我。我心裏很不願意，可是，我早已想好，不管如何一定要穿那件舞衣上臺，否則五姑婆一定很傷心。

慢吞吞地穿上那件銀光閃閃的鐵甲，當我從更衣室走出來時，幾乎所有人的嘴巴都張開來，眼睛睜得起碼有兩倍大，其中，有好幾個人發出尖銳的笑聲，我就知道，完了，一切的美夢，一切的光榮，都完了！

「哈！這是什麼舞衣，簡直像個小舞女。」

「你看她像不像鐵甲武士？」

所有人都穿上舞衣，
只有我呆呆站著

「是不是內衣啊？」

許多人毫不留情地批評我的舞衣，我忍住眼淚，眼睛卻酸酸澀澀的。尤老師皺著眉頭。

「小秋，這就是你的舞衣？」

「是。」我的聲音小得幾乎聽不見。

「你這件衣服是不能上臺的，有沒有另外的，如果沒有借別人的穿也可以。」

「老師，我一定要穿這件衣服上臺。」

「爲什麼？」

「這件舞衣是我五姑婆做的，她現在病得快死了，她生病還給我做這件衣服，如果我不穿，她會傷心的。我不怕醜，也不怕笑。」

「老師，不行啦！這樣會破壞我們的整體表現。」羅玉珊說。

我最美

「那有這種舞衣！」

「我才不要跟她同臺，臺下的人要笑死的。」

大家議論紛紛，我無助地低下頭。

「老師，那我不要上臺好了。」

尤老師想了一會兒，和氣地說話。

「我們尊重小秋的意思，雖然發表會的表現很重要，可是，我更注重你們內心的感受及教育的意義。你們絕不可再譏笑小秋，知道嗎？」

還好有尤老師，否則我就不能上臺了，爲了彌補衣服上的缺憾，我更認眞練舞，希望臺下的人會忘記我那奇怪的舞衣。

發表會那天，我們很早就到中正堂彩排，大門兩邊擺了好多花圈和花籃，尤老師是個很有名的舞蹈家，連報紙上都登了消息。羅玉珊的爸爸一口氣送來十二個花籃，還邀請幾個地方記者來採訪。那天，媽媽姊姊們都來了，只有爸爸留在家裏照顧五姑婆。我臉上化好濃的妝，像泥娃娃一樣土裏土氣的，加上那件銀光閃閃的鐵甲，就好像漫畫裏的滑稽人物。

節目進行得很順利，尤其是馨馨和小老鼠的獨舞，受到熱烈的鼓掌。很快地，輪到我參加的四人舞「春之頌」，當我一出場時，臺下發出許多怪聲，有笑聲、驚叫聲，還有噓聲，害我嚇得腳幾乎擡不起來，這時我心裏似乎有一個聲音在安慰我「不要怕！一定要把舞跳完，否則五姑婆會傷心的。」奇怪的，漸漸我再也聽不見，看不見臺下的人，眼前只有五姑婆枯瘦的臉龐，還有媽媽溫柔的笑語。我賣力地跳，從來沒有一刻這麼專注過。

好不容易終於把舞跳完，卻發現流了一身汗，也許是太過緊張吧！退場時，尤老師按著我的肩膀說：「小秋，你跳得不錯，你是個好孩子！」

「眞的？可是，大家都在笑我。」

「那是剛開始，過沒多久，他們就不再注意你的衣服了，因爲你臉上的表情很認眞也很可愛，後來，他們都安靜下來，專注地看你們表演。可見衣服不是最重要的，最重要的是人，是美，我覺得今天所有的人中，你最美。」

我最美？尤老師一定在哄我，可是，我太快樂，管它是眞的還是假的。

當所有的節目結束後，尤老師走上臺向觀眾說：「今天謝謝大家的捧場，也許你們會發現，有一個小朋友的舞衣很奇怪，現在我來告訴你們這件舞衣的故事。這個女孩的姑婆很愛她，在她病重時，做了這件舞衣給她，我們知道，每個小女孩都是愛美的，可是，這個小朋友卻穿著它上臺。這件衣服很奇怪，我卻覺得它很可愛，因為它告訴我們幾個字，那就是愛與寬容。愛會改變我們的眼光，寬容令我們忘掉醜陋與罪惡。在這裏，我特別要感謝你們的愛與寬容，讓這些小朋友留下一些美好的記憶，她們跳得也許不好，可是，有什麼事情，比讓我們的下一代健康且快樂地成長更重要呢？再次地謝謝大家。」

這時臺下掀起如雷的掌聲，比剛才謝幕時還要熱烈；我大概太興奮，居然流下淚來，如果，五姑婆也在這裏，她一定會很高興。

我們退到後臺時，大家興奮得講個不停，整個後臺吱吱喳喳，吵得尤老師直喊受不了，可是，她今天也很高興，並不喝止我們。

這時馨馨跑過來跟我說：「我好像看到我媽媽吔。」

「眞的？在那裏？」

「她在節目一半的時候才進來，那時正好輪到我表演，雖然隔得很遠，但我知道一定是她！」

「那她爲什麼不來找你？」

「也許，就像我們約定好的，等到有一天我們才能見面。」

「馨馨，你媽媽一定很愛你。」

馨馨點點頭，癟著嘴。

在我們卸裝時，媽媽、姊姊，還有爸爸，咦！怎麼爸爸也來了，他不是在家裏看顧五姑婆嗎？他們的眼睛爲什麼都紅紅的？到底發生什麼事情？媽媽摟住我說：

「小秋，你今天跳得眞好，可惜你五姑婆……」

五姑婆怎麼了？我問姊姊、媽媽，她們都不說，爸爸粗著嗓子說：

「小秋，你不要難過，你五姑婆剛剛過世了。」

怎麼會？我一直搖頭，大概搖得太厲害，居然昏了過去。

我居然昏了過去……

完美之國

清醒之後，我整個人變得癡癡呆呆的，整天不說一句話。五姑婆下葬時，穿著那件白紗禮服，看起來好陌生。全家人哭得好傷心，只有我像個木頭人似的。

我又開始躲進衣櫃裏，想像自己已經死了，還故意閉眼睛憋住氣，看能憋多久，好像只有這樣，才覺得跟五姑婆接近一點。

她去的地方一定很恐怖很痛苦吧？她會不會覺得冷？會不會沒有人聽懂她的話呢？她會找到一個愛她的人嗎？這些問題一直在我的腦海裏打轉，沒有辦法排除。

舞蹈發表會結束，我就不再去練舞，馨馨和小老鼠來找我，馨馨說：「你爲什麼不來練舞了呢？」小老鼠說：「你看來怪怪的。」我告訴她們：「你們相信嗎？我可以跟五姑婆溝通吔！她告訴我她在那裏很孤單，沒有人可以說話。」她們看我的樣子，好像我是個神經病似的。

爸媽也發現我怪怪的，特別注意我的行動。媽媽常安慰我說：「小秋，如果你很難過，就大哭一場吧，不要這樣憋在心裏，教人好擔心。」我問：「媽媽，什麼是死亡？」媽媽說：「就是停止呼吸，生命結束了。」「那人死後會有感覺嗎？」「傻孩子，我也不知道，不過，人死了也是一種解脫，一定是他的肉體已經不適合生存，才會死亡，像你五姑婆，我知道她一直活得很苦，身體又不好，死亡對她來說，也算是一種解脫。」「可是，我爲什麼老是聽到她在哭呢？」「胡說，不可能的，你不要再這樣胡思亂想了。」媽媽變得好兇，我一時覺得心裏充滿委屈，「哇！」一聲就嚎啕大哭起來，不知道爲什麼，我想要停止哭，卻不能做到。

媽媽抱著我說：「乖乖，盡量哭吧！媽媽不是眞的在罵你，只是心裏好擔心，才變得這麼兇。」我這一哭，大約哭了半個鐘頭才停止，哭過之後，覺得心裏痛快多了。

那一天晚上，我做了一個夢，夢見一個穿白衣服的美麗仙子對我說：「醜醜，你來了，我一直在等你。」「你是誰？」「我是五姑婆啊！」「你騙我，你這麼漂亮，聲音又這麼好聽，怎麼會是五姑婆呢？」「不只是我，到這裏來的人，每一個都會變得很漂亮，你看你自己。」她帶我到河邊，那裏的水好清澈，我照見自己的臉，果然變得好漂亮。

「好奇妙啊！這是什麼地方？是天堂嗎？」「這裏是完美之國，凡是以前長得醜的，遭受不幸的，現在都能在這裏找到補償。」「那麼，你喜歡這裏嗎？

你覺得快樂嗎？」「當然，我喜歡這裏，這裏太完美了，希望永遠也不要離開這裏。」「可是，你不想念我們嗎？」「我很想念你們，希望有一天你們也會到完美之國來，來，我帶你四處看一看。」

五姑婆眞的變了，她不僅變得漂亮，也變得開朗，連走起路來都像在飛一樣。她帶我到一片白色的樹林，告訴我這裏是「逍遙林」，只要走進林中，就能在樹木之間飛來飛去，就好像小鳥一樣；她又指著一叢藍色的花，告訴我那是「忘憂草」，吃下它就能忘掉一切煩惱。五姑婆摘下一朵花要我吃，我吃下之後，覺得有一股草莓的甜味從胸口一直冒上來，全身舒服極了，從來沒有吃過這麼好吃的東西，我想再去摘一朵，結果居然跌了一跤，這時，我才醒過來。

夢醒之後，也許是吃了忘憂草的緣故，我再也不那麼難過了，原來死亡並不可怕，五姑婆在那裏很快樂，我不必再爲她擔心了。

她帶我到河邊，那裏的水好
清澈，我照見自己的臉，果然好漂亮

倒是那個夢我一直忘不掉，於是就把它寫下來，名字就叫「完美之國」。有一次上課的時候塗塗寫寫，老師走過來我也不知道，她把我的筆記簿沒收，叫我中午休息時間到辦公室見她。

我們的導師姓陳，她平常很少注意我，因爲我的成績並不是很好，又很少惹禍，我想，這一次，她一定會重重地處罰我。

跟童年說再見

中午休息時間，我匆匆吃完便當，就到老師的辦公室報到，沒想到陳老師居然和顏悅色地對我說：「你很有想像力，這篇故事寫得很精采。我知道最近你的五姑婆去世，你一定很傷心，所以，我不怪你，但是，以後不可以在上課的時候寫故事，知道嗎？你以前的作文，我不太有印象，不過，看你現在的文筆，超過你的年齡很多，你在這方面很有天份也說不定，希望你好好把握。」

我有寫文章的天份？爲什麼我從來不知道？爲了要找出特長，我學過畫畫、書法、鋼琴還有舞蹈，沒有一樣學得好，我以爲自己一無是處，沒想到陳老師居然說我文章寫得好，眞是做夢也想不到呢！其實，我並不認爲文章寫得好有什麼了不得的，如果能像馨馨和小老鼠一樣這麼會跳舞，我做夢也會偷笑哩。現在她們就要參加全國舞蹈比賽，她們一定會成功的，我相信。

這之後，作文課的時候，陳老師常常到我身邊來，看我寫文章。她還在作文簿後面批了好長的評語，多半是一些鼓勵我的話。有時候還把我的文章唸給全班同學聽，又幫我寄去國語日報投稿，有一次，還眞的刊登出來了呢！

有一回上作文課，陳老師出個題目叫「一封信」，我毫不考慮地決定寫給五姑婆，幾乎沒有打草稿，就寫出來：

我難忘的五姑婆：

九月一日是我一生中最難忘的一天。那一天，我穿著你親手爲我縫製的芭蕾舞衣上臺跳舞，雖然它的樣子很古怪，很多人譏笑我，但是，我不在乎，因爲只有我知道這件衣服做得多辛苦，看著你顫抖的雙手在這件舞衣上釘亮片，我知道，它是全世界最寶貴的舞衣，可是，就在那一天，你離開我們到另一個世界，連說「再見」都來不及，你悄悄地走了。

這件事多麼難教人相信啊！一個昨天還跟我聊天的人，爲什麼今天就不再說話，不再理我呢？媽媽幫你穿上你親手做的白紗禮服，又替你梳頭化妝，你看來像戴面具的人，變得好陌生，我很想哭，卻哭不出來。

你走後，我每一天都到你的房間，幫你擦桌子，整理房間，又在你心愛的花瓶裏，插上你喜歡的百合花。還有，你收集的香水瓶，我都把它們一一排好，現在只有我能保護它們了。你送我的玉鐲，我把它放在枕頭下，我會永遠地愛惜它。

你曾說過，我是這世上跟你最像最親的人，我卻認爲你是我最要好的大朋友，我們之間有好多共有的祕密和心事，現在，這些祕密和心事都被你帶走了，難怪我覺得好孤單。

沒想到，我們在一起的時間那麼短，你還來不及等我長大就走了。我常說等我長大，要買一棟漂亮的房子，爲你準備一間房間，請你去看電影，吃東西（你還記得我們最喜歡一起吃紅豆冰棒嗎？），我要陪伴你一直到老，誰知道，這個願望永遠不能實現了。

因爲你，我第一次知道什麼叫死亡，它一定是個可怕的魔鬼，才會帶走人的生命。可是，那次在夢中，你告訴我在「完美之國」過得很快樂，有一天我們會見面的。因爲這樣，我才放心地讓你走。

現在，我常擡頭看天上，去找尋那個「完美之國」，我似乎看到你的臉孔，聽到你在笑，我不再覺得傷心難過，因爲，我知道，你並沒有離我很遠。今天暫時寫到這裏，敬祝健康快樂!!

醜醜敬上

陳老師看完這篇文章，唸給全班的同學聽，有幾個同學居然流眼淚呢！陳老師的眼睛也紅紅的，她說這篇文章「眞摯感人」，打算要寄到報社投稿。現在，同學們都叫我「小作家」，沒想到，我苦苦找尋自己的優點，原來，我的優點竟是「作夢」，作夢居然能受到讚美，眞是太奇怪了。

馨馨和小老鼠參加全國舞蹈比賽，表現果然很突出，小老鼠得冠軍，馨馨得殿軍。校長特別在朝會上表揚她們，小老鼠還煞有介事地講了幾句話：「我把這個獎獻給我最親愛的媽媽和最敬佩的尤老師。」她現在似乎變得比較「正常」，也許是愛和肯定，讓她回到眞實的世界也說不定。

我想，我們都長大了，再過不久我們就要小學畢業，跟童年說再見。未來的路還很長，但是，我已不再害怕。

在這之後，當有人告訴我說：「吔，我覺得你長得很有味道，不是漂亮，也不是醜，就是說不出來的感覺。」我總是神祕地笑笑，並不回答，他們永遠不會知道我心中的祕密。

跟童年説再見

美麗的幻影
——《醜醜》新版後記

二十年前的第一本童書，是為天下不算美的孩子寫的，其中的核心討論美與醜，生與死的問題，一直是我作品的基調。凡人皆愛美，醜小鴨更有美的心結與困惑。我一直覺得童話故事皆以美麗的人當主角，是一種對美的偏見與勢利。

我已經過了追求美貌的階段，小時候我是醜小鴨，年輕時有過稍美的時期，現在又打回原形。美貌不僅是神話，還是短暫的幻影，如今舊作又要改版重出，可謂醜媳婦再見公婆，不堪回首。

還好美貌只是人生極小部分，美無處不在，如今的「正妹」多到令人麻木。自從搬到東海，變成半個花農，我更關心的是人如何活得更自在美好，人生有很多東西只能短暫擁有如金錢、名氣、美貌、健康……，但愛美的心沒有止盡，每天只要看見一朵花開，一隻蝶飛，就會開心許久。

二十年對於一個人很長，對於一本書也許只是門檻，書自有自己的生命，讀者的眼光是雪亮的。希望它能給醜小鴨信心，打破美貌的迷思，開啟童書的新可能。

周芬伶

於二〇一〇年八月

《醜醜》延伸閱讀

尋找屬於自己的美麗

林芝蘋

給讀者的話：

什麼是「美」？怎麼樣的人最「美」？小時候，我們覺得留著長頭髮、白白淨淨的女孩最美，但隨著年紀的增長，我們漸漸發現，有一種「美」能維持得最長最久，那就是因著了解自己及自信而生出的「美」。

醜醜的外表不但稱不上美，甚至比你我都還其貌不揚，但是，在經歷過幫五姑婆保守祕密、陪王馨馨找真媽媽、學習芭蕾舞……等事件後，醜醜漸漸認識自己，也在相知相惜的朋友中發現了自己真摯的情感，更從生活中找到了自己的優點、感受到自己的成長。醜醜在外表上雖然沒有多大變化，但是心境上的變化已經讓醜醜成功的擁有「自信美」。

故事中的另外兩個女孩，也在人生的歷練中，找到了屬於自己的「美」。總是習慣武裝自己的王馨馨，在找尋親生母親的過程以及和好友們的相互扶持中，從總是以驕傲來武裝自己，蛻變為樂意幫助人的堅強女孩。而小老鼠劉麗嬌也在老師與好友的鼓勵肯定下，舞出動人的舞蹈，展現自信的風采。

親愛的小讀者，你是否也希望像故事中的主角們一樣，找到屬於自己的自信與美麗呢？讓我們一起放下對自己的不滿意，認真的在每一天的生活中，學習愛周遭的人，學習肯定自己，你將會發現自己不是因著美麗的外表而產生自信，反倒是因著自信讓自己看起來「好美」。

閱讀思考

一、故事掃瞄：

1. 在這個故事中，有哪些重要的角色？
2. 故事中提到每一個人都有祕密，說說看醜醜、王馨馨、五姑婆的祕密各是什麼？
3. 馨馨的真媽媽為什麼不讓馨馨跟著她？她如何表達對馨馨的愛？
4. 小老鼠為什麼不收下馨馨送的舞衣？最後尤老師用什麼方法說服小老鼠收下呢？
5. 醜醜夢到五姑婆死後去了哪裡？那是一個什麼樣的地方？

二、了解主角：

1. 醜醜為什麼要叫做「醜醜」？
2. 五姑婆為什麼特別疼愛醜醜？醜醜為什麼喜歡五姑婆？
3. 為什麼醜醜喜歡躲在衣櫃裡？她最喜歡躲在哪個衣櫃？為什麼？
4. 請描述一下醜醜以及她的好友王馨馨及小老鼠的個性和特徵。

三、深入情節

1. 什麼是自信？醜醜藉著哪些人事物得到自信？
2. 朋友之間常常會互相影響，故事中的醜醜和王馨馨、小老鼠各自帶給對方什麼樣的影響呢？在你身邊的好朋友是否也帶給你許多影響呢？
3. 故事裡的尤老師提到愛美的人應該有「另一雙眼睛」？另一雙眼睛指的是什麼？
4. 醜醜覺得自己什麼優點都沒有？看完這本書，你覺得醜醜有哪些優點呢？
5. 醜醜為什麼願意穿著五姑婆縫製的怪舞衣上台表演？她為什麼不怕別人笑她？大家對於醜醜的評價又是什麼？

四、延伸活動

1. 超級變變變

故事中的主角們，在成長的過程中，都成長改變了不少，訪問幾個家人或好朋友，請他們說說看你從以前到現在有哪些成長及正向的改變，把它記錄下來，你會很訝異自己居然有這麼多改變喔！

2. 寄向遠方的信

相信你也深深被醜醜寄給五姑婆的信所感動，拿起筆，找一張漂亮的信紙，寫一封信給你深深思念的人，也許是過世的親人朋友，也許是曾經因誤會鬧翻的至交，甚至是早已失去聯繫的老友，將埋藏在心中從未說出的話訴諸於文字，並珍藏這一封無法投遞的信。

3. 優點記事本

故事中教舞的尤老師要學生每天對鏡子說：「我是美麗的。」有一天就會真正成為美麗的人，正向的肯定能讓每個人產生自信及追求進步的動力，準備一本筆記本，隨時記錄下來自己的優點，讓我們來學習肯定自己的功課吧！

九歌少兒書房 42

醜 醜

作者	周芬伶
內頁繪圖	陳裕堂
發行人	蔡文甫
出版發行	九歌出版社有限公司
	台北市105八德路3段12巷57弄40號
	電話／02-25776564・傳真／02-25789205
	郵政劃撥／0112295-1
九歌文學網	www.chiuko.com.tw
法律顧問	龍躍天律師・蕭雄淋律師・董安丹律師
初版	1991（民國80）年2月10日
增訂新版	2010（民國99）年10月10日
新版2印	2015（民國104）年6月
定價	200元

書號 0170042

ISBN 978-957-444-687-2

（缺頁、破損或裝訂錯誤，請寄回本公司更換）

國家圖書館出版品預行編目資料

醜醜 / 周芬伶著；陳裕堂圖. --增訂
新版. --臺北市：九歌， 民99.10
面；　公分. --（九歌少兒書房 ； 42）

ISBN 978-957-444-687-2（平裝）

859.6　　99005912